游走 在城市的边上

月又白 / 著

中国出版集团

东方出版中心

目　录

附录

走过流香桥，便是林荫道

林间清风吹，路上光影碎

张家港岁月

港城，那年我来到你身旁

正值秋风送走热浪

我记得路边绿树成行

我记得路边鲜花怒放

我记得房屋很整齐

好似礼宾排排站立

我记得房屋很新

好似破土的春笋

我诧异街头巷尾

那样清洁

人们像猫捉老鼠一样

搜捕纸屑

我诧异新房老屋

窗明几净

人们像阳光扫射乌云一样

消灭灰尘

我所在的小镇

周边绿水纵横

四野禾苗葱茏

乡民傍水而居

小路经过门前

庄稼环绕左右

我陶醉于小镇

就像蜜蜂陶醉于花心

有时，我沿着大道向西缓行

看夕阳

把身影拉长

把万物染黄

有时，我骑着自行车

跟着清凉的南风

向北直冲

有时，我伫立在阳台

看明月遍洒清辉

让梦想飞向天边

忽然一天

骑车来到江边

我发现，长路不长

我发现，船儿需远航

从此

他人沉浸在梦乡

我还在伴着灯光

我常闻得深夜狗叫

我常望见星星闪耀

我常与旭日比谁起得早

我常与晨风一起

惊醒窗外的鸟

也有力不从心之时

不争气的鼻孔

悄悄流过几次血

我用棉絮来堵塞

影子最懂我的诉说

后来，我调到隔壁老镇

那里，教堂尖尖

那里，酿酒的麦芽香满天

那里，我的欢乐

随着河水，缓缓流淌

那里，我的汗水

被轻风邀走，不声不响

我怀念两镇同事

他们是静夜红烛

默默地发热发光

虽然交流不多

但我记得他们

骨子里的善

眼神里的真

笑容里的暖

园丁热爱花朵

我热爱我的工作

我栽过小树一行行

不知多少成了栋梁

港城啊

我的梦想是一粒种子

在你的土壤里发芽

我的希望是一只小鸟

在你的树林里长大

我的自由是一叶轻舟

在你的岸边造就

终于有一天

我不舍地告别港城

告别风平浪静的港湾

我果断起航

不怕冬夜漫长

梦里望着晨阳

隐居太湖的三山岛

太湖烟波浩渺

湖里藏着三山岛

默默无闻几人晓

车不来，人难往

秋日天气好

乘船上了岛

远看

湖面上，船儿潇洒地穿梭

近听

树林里，鸟儿悄悄地唱歌

路边

丝瓜吊树枝，纷纷把头低

林间

黄橘落满地，日久变成泥

穿过橘树一行行

来到师俭堂

绿树四周合

诗藤墙上绕

瘦草瓦缝摇

醉菊园里橘子多

台阶层层需上坡

粉墙上

树影慢慢地抚摸

谁的眼里含秋波

湖边长堤上

站在树下望

远处青山隐隐

近处芦苇丛丛

秋风拂树梢

波浪在跳高

夕阳照儿脸

朝气溢湖面

西湖桥旁边

隐着水一片

绿树岸边垂

芦苇水边围

白鸭灰鸭一队队

钻入芦苇看不见

水面上，茂草边

卧着茅棚一间间

茅棚上，青藤两边爬

藤叶丛中开黄花

茅棚下，水如镜

小舟一叶泊得稳

不起眼，不张扬

总在浪尖把头昂

天色渐晚

村妇呼鸭归

鸭子排成队

平整大道上

跑得妄想飞

肥胖身体实在重

只好左摇右摆往前冲

林间小道上

遇见一男童

双手拉弹弓

瞄准树林中

我问哪有鸟

他说要把那个黄橘

打落掉

伫立相映坡

久久望夕阳

晚霞满西天

映红了波浪

映红了西墙

可惜乌云渐渐挡

我在坡上苦彷徨

把心声吐露给夕阳

只要自身能发光

任由乌云挡

总有群峰等你在前方

清晨

时闻狗叫

不知是昨夜未吃饱

还是怪游人起得早

偶闻鸡鸣

似在诅咒黑夜

又似在呼唤黎明

漫步常熟山水间

拂水山庄旁，湖水泛绿浪

是谁划皮艇，垂钓水中央

鱼竿忽上扬，馋鱼空中慌

头顶白鹭过，惊讶鱼飞高

皮艇任东西，水上到处移

鱼钩水里跑，鱼儿后面追

移动的引诱，后悔没看透

拂水山庄里，立着一堵墙

墙里老竹密，墙外新笋立

可怜那堵墙，日夜把竹防

竹根穿墙底，偷偷往外挤

新笋茁壮长，老墙别惊慌

走过流香桥，便是林荫道

林间清风吹，路上光影碎

黑白的朦胧，鸟儿在歌颂

水上森林下，乘一叶竹筏

细浪颇温情，银光眨不停

池杉绿又亮，挺立如新郎

白鹭赛神仙，累时枝头睡

爱时盯她追，饱时到处飞

白鹭飞树梢，欲与云比高

白鹭飞林间，忽隐又忽现

白鹭飞水面，白影水里现

鱼儿吓破胆，赶紧水下返

水下的树影，恍若绿梦境
鱼儿搞破坏，树影被弄散
白鹭苦等候，再来吞进喉

伫立四景园，抬眼向北望
尚湖水茫茫，长桥跨水上
游艇很激动，水面到处冲
湖北是虞山，似从天上来
山水常相伴，日月频交换

虞山林中路，日影林下漏
人在绿海走，空气润如油
山路弯又长，遇见一城墙
墙头绿藤垂，天上白云飞

山脚映山湖，杨柳绕湖岸

青山映湖底，蓝天落水里

抬头望蓝天，风筝一对对
空中比翼飞，地上谁牵线

宝岩有竹海，竹林很清幽
林间的茶楼，凉意袭心头
清风摇竹叶，鸟儿叫不歇
茶楼近池塘，漫步池塘边
乌龟伸出头，垂直水里游
疑我是外人，慌忙往下沉

路过杨梅林，林下羊成群
埋头吃青草，不管鸟儿叫
蝴蝶身边绕，小羊吓一跳

同里的冬日时光

同里小弄堂

又窄又长

青石板

黑砖墙

把光阴的故事藏

长庆桥下河水亮

条条细浪闪银光

波光慢慢晃

晃到粉墙上

桥下荡来一条手摇船

船头女子现代又古典

河里的鱼鹰

装模又作样

时而把头昂

时而抓耳挠腮地搔痒

望着太平桥

年年日月桥上走

天天人影水里流

走进耕乐堂

两只黄猫躺屋上

沐浴着暖阳

安静度时光

怀念那棵金桂树

它已撒手人寰

不再绿如盖

碑文写得长

树龄百余年

于二〇一八年死亡

这是个下雨的冬天

漫步丽则女校的庭院

那八字形的沧桑校门

立了百余年

庭院静谧

雨点在向我诉说着往昔

凝望教学楼

白色的砖缝

藏着旧时学子梦

院里开着结香花

光秃秃的枝桠

那清香让我深呼吸

那清香似乎告诉我女校的秘密

退思园的主人哦

当别人在守着万贯家财

你却想到了女子的未来

人的身体无芬芳

人的精神可发光

把无知和黑暗照亮

珍珠塔景园里

梅花依旧香

绽放竹林旁

雨中竹林滴答响

梅爱竹虚怀若谷

竹慕梅香气馥郁

冬天虽漫长

有君相伴暖洋洋

寒风冷雨又何妨

在太湖边的柳树下

苏州石公山，伫立太湖畔

太湖波连波，山上树婆娑

最爱明月坡，坡上赤裸裸

石坡如巨毯，倾斜角度缓

背后是悬崖，面前是水湾

湾边水草茂，湾畔柳树摇

树旁有长椅，坐听夏风起

湾里荷叶立，风吹荷香袭

水珠恋荷叶，不肯往下跌

菱叶一点点，总是露出脸

芦苇长得高，绿意上树梢

鸟儿水面飞，飞向芦苇边

山上鸟儿叫，鱼儿可听到

鱼儿没有家，水里任潇洒

鸟儿没有车，天空可上下

唯有明月坡，好像很寂寞

石坡很坚硬，风雨难入侵

石坡很光滑，光脚不怕划

明月与石坡，何年相结合

柳树可知道，是谁构思妙

石坡爱明月，盼它来徜徉

明月洒清辉，躺在坡上睡

太阳一出现，它们依依别

虎丘的碧水伴古塔

虎丘若是小家碧玉

古塔便是她的发髻

高高地耸起

剑池便是她的眼睛

深邃又神秘

那幽静的环山河啊

便是她颈上的绿丝巾

我想做那天上的清风

日日为她梳理发髻

我想做那一轮明月

夜夜启发她的眼睛

我想做那冬日暖阳

在环山河里流浪

偷偷地钻进绿丝巾

去亲她圆润的颈

我仰慕已久

路过她时

总是回首，又回首

可惜不能共白头

春日瘦西湖

长堤飘春柳，游人缓缓走

柳树日日绿，桃花天天谢

零星几朵花，迟迟不肯下

新桃渐长出，出落如少女

红花渐枯萎，消瘦如老母

春深红颜凋，碧桃小而俏

近看那船娘，穿着红衣裳

丰韵又端庄，时而把头扬

用力摇着桨，用心把景讲

路边的琼花，白雪般落下

枝头花如云，树下花层层

湖中一小岛，岛上柳飘飘

柳边竹亭亭，竹边草青青

草里花儿黄，花下鸭彷徨

湖边开白花，白花露黄蕊

微风轻轻吹，花香袭心扉，

蜜蜂花上扑，嘴忙脚乱踢

众蜂嗡嗡飞，总也不觉累

踏入小金山，竹子很奇怪

新笋笔直立，老竹弯几弯

难道有委屈，何不都说出

凝视玉版桥，洞壁波光晃

游船划破浪，穿洞去前方

穿梭红画舫，灰鸭忙相让

开进绿树林，船身渐渐隐

湖心钓鱼台，四壁开洞门

春风最知心，悄悄出又进

湖水也温柔，爱把倒影搂

世上白塔少，人间黑塔多

此塔落扬州，彼塔立首都

千里遥相望，相约进梦乡

湖中又一岛，岛边柳树绕

芳草绿油油，柳下争风流

岛中湖水亮，水亮荷暗长

戏中戏容易，湖中湖是谜

谜中鱼儿跳，谜中鸭子叫

一只黑天鹅，低头把草啄

春草嫩又绿，天鹅吞下喉

长脖伸水中，喝水来滋润

且说五亭桥，远看气势豪

你也别骄傲，白云比你高

二十四桥小，让人总倾倒

诗句来浇筑，万年也不朽

杭州一日胜一年

冬天刚来到，阳光暖暖照

湖边的垂柳，仿佛佳人手

轻探水冷暖，安抚浪回头

走在白堤上，柳树站两旁

草地绿得亮，树影随风晃

桃树立柳边，样子似可怜

今日不显眼，春来红满天

平湖秋月里，湖面覆树枝

树影沉水下，鱼影往上爬

树下木椅上，有人在小睡

睡得多放松，好像已入梦

走入孤山上，到处树交错

林边小亭里，恋人相拥紧

女子更深情，踮脚又伸颈

不敢近小亭，唯恐恋人惊

恋人心相连，我似云与烟

苏堤长又长，堤上风流浪

风过叶惊慌，辞别树枝头

化身湖上舟，轻轻水上游

堤上一拱桥，桥上人穿梭

桥下快艇过，掀起阵阵波

波浪猛摇晃，鱼儿随波荡

堤上树茂密，花香难寻觅

丽人身边过，香气心头袭

若无恋人随，喜鹊也会追

花港观鱼里，水中树影黄

鱼儿影中游，树影颤悠悠

伫立湖岸边，水草绿油油

阳光洒湖面，人影草上眠

登上雷峰塔，举目四周望

群山如怀抱，三面将湖绕

湖上船穿梭，飞鸟匆匆过

塔下夕照亭，隐藏在树林

夕阳上台阶，夕阳读碑文

西湖东岸行，夕阳已西沉

晚霞红西天，西天山连绵

晚霞映湖面，湖面变红颜

孤鸟飞得急，转眼无踪迹

柳下谁独立，倩影暮色里

忽然路灯亮，圆月挂天上

西溪湿地

我在船里望着秋日的小河边

一朵白云

在蓝天下悠闲地飞

一只鸟儿

在阳光里奋力地追

茂密芦苇下

立着一白鹭

似乎不动

又似乎在做梦

船行的波浪猛摇晃

白鹭跳到一根芦苇上

芦苇弯了腰

它却显得又大又高

这条摇橹船里

坐着位红裙女郎

面容端庄

长发似瀑布

身材多起伏

那条摇橹船上

立着位年轻船夫

左手浅插裤袋

右手握着桨

侧身望着红裙女郎

心神荡漾

偶尔忘摇桨

他的桨在水里

有一下，无一下

搅开了漩涡

他痴痴的目光

深深地

陷进了女郎的心窝

这些摇橹船

一条接一条

直往树林里逍遥

隐隐约约

有时只露出

漆黑的一角

有时飘出的笑声

起起落落

来到浓荫蔽日的桂花树下

淡黄的桂花雪粒般落下

香气在树林里飘游

久久弥漫我心头

河边立着很多柿子树

红红的柿子

挂满枝头

夕阳渐西行

水中柿影晃不停

归岸的鸭子

也动了心

在桐庐的天目溪上

飞机拖白烟

奔向白云边

白云一堆堆

钻进望不见

登上悬索桥

只觉微微摇

那边青山绿油油

这边红日坠高楼

溪水绿，溪水柔

夕阳映处变红绸

谁人溪边在洗衣

洗得清水泛涟漪

洗得古风水面起

林间雄鸟鸣

林下母鸡叫

雄鸟天上飞

母鸡身体肥

日日林中见

夜夜不共眠

溪水多干净

货船忍心溪上行

鱼儿很可爱

有人悬索桥上站

垂下钩子水里拦

钩子很特殊

钩上无鱼饵

苦等鱼来碰

鱼儿丢了命

钓者就高兴

鱼儿莫发愁

只管逍遥自在往前游

生命都会有尽头

何惧桥上的钓手

只要不随波逐流

就会绕过那凶钩

西塘的人间烟火

秋分虽已过，街头窜热浪

秋风拂脸庞，满脸沐清凉

秋风吹柳枝，柳枝轻轻晃

是谁立柳下，风吹长发扬

长发与柳枝，风中共依依

手工老姜糖，拉得长又长

儿童立在旁，看得心里痒

拉着爹和娘，买来尝一尝

临河黑屋顶，高低共两层

斜斜向河倾，想象那屋檐

如遇大雨天，滴答挂雨帘

岸边河埠头，连通着小巷

风儿过水上，巷里去流浪

河岸的人家，灯笼高高挂

面河有长椅，只等你去靠

屋里悬吊椅，只等你去摇

河里摇橹船，桨声难听见

悠悠水面行，悄悄桥洞穿

她在船上望，笑容多腼腆

眼神似炊烟，飘进谁心间

又见一女郎，静坐小船上

穿着碎花衣，长发背上披

隔着漏窗望，脸上露惆怅

惆怅惹人怜，消失在眼前

走上情侣桥，心似船儿摇

中间粉墙上，留言一行行

人生路漫长，热情莫变凉

多想携君手，蜜意到永久

街头人群里，走来一羊驼

羊驼脖子长，羊驼头高昂

满身雪白毛，走得很招摇

前面一少年，紧紧把它牵

街边人驻足，街边人回首

少年多风光，笑声身边漾

小镇走一圈，双脚很疲劳

店中鱼足疗，伸脚水中泡

年轻的男女，泡得真舒服

另有几家店，专门掏耳朵

耳朵不容易，事事听仔细

很想掏一掏，闭眼享逍遥

到处要排队，不得不撤退

镇中的长廊，挡雨又遮阳

街边的小巷，幽深又狭长

廊里谁搂腰，巷里去徜徉

夜深人静时，明月抱柳梢

三分是水乡，七分是梦乡

六马横游楠溪江

秋日时分

来到岩头镇

伫立楠溪江畔

天空蔚蓝

没有一丝云彩

只有艳阳照下来

乘一叶竹筏

逆风逆水向上行

江水清

水底石头多分明

对岸树林下，　走出几匹马

黄马先下水，　白马紧跟随

坦然江中走，　叫我频回首

我问撑筏人，　得知马隐情

马住江此岸，　彼岸去吃草

游来游去好，　无须过大桥

众马多潇洒，　抬头水里跨

水深没过背，　头尾仍浮现

江心难立足，　水流又急促

使尽浑身力，　水里也奋蹄

始终把头昂，　管它波和浪

江水这样清，　天天可洗身

水里浮和沉，　冲刷灰和尘

我与过江马，还有这竹筏

楠溪江上逢，上天的器重

楠溪江边望，天空多清爽

呼吸这空气，心里甜滋滋

空气不说话，绝不是傻瓜

只要去珍惜，千倍报答你

江畔人善良，叫我怎能忘

纯朴撑筏人，撑筏多用力

竹篙插江石，江石轻叹息

临行付小费，再三被谢绝

鼓浪屿的墙里墙外

漫步鼓浪屿绿荫下

春雨纷纷下

谁家小屋平台上

栽着小树一行行

小树枝桠长

惹得春风来摇晃

那家红墙头，立着两棵树

根须布满墙，肆意地生长

红红三角梅，墙头往下垂

雨中滴着泪，怕谁去不回

亭亭玉立槟榔树

贴近墙边冲天去

一根电线杆，站在一旁比高矮

且看这堵墙

满身披绿装

绿叶丛中藏扇门

门前台阶层层

台阶空荡荡

挽留我目光

难忘那堵墙，墙头高到低

与倾斜的小巷相偎依

榕树长出墙

遮天蔽日盖小巷

垂下根须长又长

大人见它把头低

小孩见它把头昂

漫步中华路，最忆路边墙

墙脚有水沟，雨水往下流

墙头立小树，墙头生小草

小树与小草，春风吹不倒

一棵榕树粗又长

横在路中央

行人低头树下走

走后又回首

榕树怎不倒

但见根部枕着墙

但见树下支柱一行行

海坛路边围墙很平常

墙里屋顶起波浪

屋里故事比墙长

谁家墙上的青藤

蔓延到窗棂

缠着空中的电线

笔直爬到街对面

一处墙里枇杷已泛黄

枇杷树下有人把头昂

隐隐约约站凳上

摘下枇杷给谁尝

武夷山中清溪绕

顺流九曲溪，心里起涟漪

溪水多清澈，怪石也愉悦

溪水曲又折，群峰换姿色

根根树倒影，水中晃不停

水浅石头出，水深竹筏入

溪水常变幻，有时黑如墨

有时绿油油，有时蓝如绸

撑杆石上击，知了叫得急

太阳当空照，众人戴草帽

山边很阴凉，感觉很舒畅

鱼儿水中追，凉风阵阵吹

白云随风飘，飘过双乳峰

双乳高高耸，乳沟深入梦

双乳留白云，白云不敢停

山懂水去路，谁懂云前途

溪边晒布岩，似从天上来

岩壁上青天，岩顶人点点

岩面条条沟，似幕微微收

溪畔大藏峰，藏着许多谜

峰下卧龙潭，潭深不可测

峰壁多洞穴，穴里藏船棺

船棺葬何人？如何入洞穴

林中大王峰，与众很不同

他峰形如锥，下粗上渐细

此峰如蘑菇，下小上渐大

大王望玉女，玉女相思苦

隔溪日夜望，相望难相逢

我望玉女峰，玉女向后退

细看三玉女，高低站一排

头上披青丝，身上未着衣

换作真玉女，岂敢不着衣

除非是模特，专为画家来

忽见一白鹭，立在分水口

时而望天空，时而望水中

鸟儿腹中饥，苦等鱼儿过

鱼儿入肚肠，谁说便死亡

化身鹭一体，蓝天任徜徉

溪中巨石立，不怕流水急

只怕撑筏人，撑杆如剑戟

身上满是洞，应知用力重

仰望山峰奇，流连溪水曲

来去都匆匆，谁知山水痛

奇自磨难出，曲从挫折来

莲花山上日月亮

莲花山望着深圳河

深圳河投入深圳湾

天下到处是高山

几处我肯攀

此山虽然矮

此山虽然小

岁岁台风吹

年年挺立南海边

曾经在乡野

曾经谁人知

如今穿绿衣

如今鸟争栖

且看那榕树

根连根，枝挽枝

亲密地相依

且看那草地

风筝天上飘

佳人在欢跳

谁的萨克斯

吹得多深情

急切去找寻

原来在康亭

林间静幽幽

鸟儿叫不休

羡慕枝头鸟

侧耳听虫鸣

坐看花儿笑

春风把树摇

随风跳几跳

试问枝头鸟

深圳哪儿好

这里春来早

这里天更高

这里海浩渺

又问地上鸟

为何不飞离

忆昔东南飞

此地最留恋

留恋树成行

留恋日月亮

珠海的相思树下

你是那春风

在相思树下

与我偶相逢

拱北人潮涌

不见你踪影

蓦然一抬头

天空云悠悠

徘徊大海边

太阳坠西天

孤鸟翩翩追

这里天很青

这里人单纯

大地绿油油

春风也温柔

海滩沙细腻

浪花在哭泣

一别这沙滩

相思沉大海

月下桂林

初秋的月夜

泛舟两江四湖

忽见岸边灯光里

一排姑娘长发胸前披

玉手缓放下

轻扬起

人儿扭细腰

似柳风中飘

水里竹筏多

盯着一叶细琢磨

水面上，灯光里

渔夫竿举起

竿上立鸬鹚

抬头又展翅

夜幕下，灯光照

古榕双桥

玲珑又小巧

弯弯的桥洞

宛若水面升彩虹

船过日月双塔

半个月亮

绕着月塔滑

一会儿在塔边

一会儿在塔尖

一会儿只见空旷的天

山多姿，水温柔

塔成双，桥成对

林中孤鸟难入睡

玉带滩上的白贝壳

弯弯曲曲万泉河

冲出一山又一山

流过一滩又一滩

碧浪清波到博鳌

汇入南海的波涛

金色玉带滩

横卧在河口

里面河水冲

外面海水刷

总也摧不垮

滩边有个出海口

河水与海水

在那里拥抱多热烈

激起浪花如雪

玉带滩中间高，两边低

似黄牛的背脊，缓缓地隆起

排排小白浪

缓缓扑沙滩

孩子们在浪花里

挥舞着手脚

欢快地探索

黑色的身影

在浪花上起起落落

沙滩里的细藤绿叶

零零星星

它们的成长历尽了艰辛

拾起几个小贝壳

鲜活的生命已落幕

留给人间雪白壳

惜别青岛

可惜我不是一列火车

停靠在青岛火车站

那红色的屋顶

显得多温馨

可惜我不是那阵阵春风

把八大关千千万万的冬树

吹得五彩缤纷

吹得郁郁葱葱

我唯有把思念

埋在那棵玉兰树下

年年春天

随着白花一起鲜艳

可惜我不是那飘逸的白云

在蔚蓝的天空里

走走停停

去看五四广场上

五月的风

和周边挺立的青松

可惜我不是那白色的海鸥

在浮山湾的艳阳里

轻盈地起起落落

在蓝色的海水里

自在地浮浮沉沉

可惜我不能学海鸥踏浪

跳着天鹅舞的模样

脚下泛出涟漪层层

水里漾着倒影深深

可惜我不是那清澈的海水

在太平湾里闪着明亮的波

只等夏天一到

多少人在沙滩上坐

多少人在海水里卧

可惜我不是那夕阳

在告别青岛湾的时光

总是不舍地把栈桥望

可惜我不是那月亮

在千家万户的窗前徜徉

用温馨的光芒

去叮咛那些晚睡的儿郎

莫嫌黑夜长

黑夜孕育多少梦乡

景山夕照

盛夏七月九，　云在天上走

偶然洒下雨，　雨过天清凉

来到景山上，　放眼四周望

南望是故宫，　黄顶似浪涌

当年屋檐下，　号令传天下

天下人向往，　向往居其中

其中使命重，　重如最高峰

东望有高楼，　看那中国尊

流云也倾心，轻风也缓行

狂风吹不倒，烈日晒不焦

北望那鼓楼，似有点点愁

昔日声震天，如今似古钱

古钱不流通，依然受尊重

西望山与水，让人看花眼

鸟鸣声含喜，婉转又清丽

雨珠亮晶晶，松针身上栖

夕阳洒金黄，涂抹鸟翅膀

鸟儿空中飞，飞过那白塔

飞过那绿树，飞过千万户

红日坠天边，青天渐红脸

万物暗生恋，恋在晚霞间

北海最深情，水面黄如金

多想摇着桨，荷花边上荡

后海野鸭岛，心里很想念

岛上树和草，绿意水上绕

岛上有小屋，造给鸭子住

鸭子多幸福，屋里可匍匐

岛上可散步，水里可沉浮

夕阳照水面，水面鱼儿跳

鸭子已吃饱，回家去睡觉

远处是西山，静卧在天边

夕阳悬山巅，渐渐向西坠

西山虽隐约，谁人不仰慕

山下青草香，林中众鸟唱

山路弯又长，暮风送夕阳

大连的春风终会暖心头

大连啊，

你三面环水

偏居一角

可孤单寂寞

春天来得这么晚

秋天去得那么早

冬天多漫长

你苦盼春秋的时光

大连典雅的广场

洒满春日艳阳

仿佛热情目光

留我久徜徉

圆形中山广场

周边道路放射状

一家家银行

有模有样

静静立在广场旁

天空蓝无涯，太阳照枝桠

枝桠光秃秃，鸟儿巢已筑

阳光暖小草，鸽子去打扰

踩着草的头，轻轻地漫游

漫步人民广场

眼前很空旷

空气多透明

阳光多卖力

怎奈寒风吹得急

人们身上穿厚衣

游人别发愁

草地终会绿油油

暖风终会拂心头

草地里流淌着小河

日夜在奔波

青草喜欢它的歌

长白山的温泉去暖天池水

昨夜下了雪，交通今停歇

不能上山巅，未见天池面

心中留遗憾，不曾对天喊

中秋刚离去，风儿已变寒

天空无限蓝，阳光多灿烂

树叶像洗过，黄叶渐渐多

对面飘白烟，忽隐又忽现

几人俯身看，温泉流得缓

远处斜坡上，温泉哗哗流

泉上烟袅袅，随风四处跑

天上云翩翩，烟想见云面

来到温泉边，温泉冒白烟

泉水闪银光，晶莹向下淌

山风欲寒脸，暖气绕身边

可贵泉边草，不嫌泉水烫

风中频摇晃，跟着泉水漾

泉眼在冒泡，似水锅中烧

火从何处来，地热烫似火

莫疑火山死，活在沉默里

长白瀑布高，走出山之凹

直往山下跳，跳进了深潭

水汽四弥漫，随风去攀山

天池生瀑布，瀑布匆匆去

去路多崎岖，温泉来相会

泉水暖池水，一起奔远处

来到绿渊潭，面对一悬崖

崖顶岳桦树，黄叶衬瀑布

瀑从崖顶下，声音沙沙沙

一缕阳光照，水珠在闪耀

崖底多巨石，瀑布当石击

石上水四散，散入绿渊潭

潭水轻轻漾，黄叶慢慢晃

黑河的彩虹也成双

漠河飞黑河

地势起起伏伏

树木郁郁葱葱

满坡满岗

到处是绿色海洋

清澈河水亮山谷

蜿蜒曲折远方去

漠河的天边

挂着弯弯的彩虹

似谁走进昨夜梦

默默把我送

黑河的旷野

忽见两道彩虹

前后站成排

等着我到来

漫步黑龙江边

江水清见底

水底鹅卵石

黑，白，黄

看起来多光滑

鱼儿水里游

无忧又无愁

谁家男孩真是坏

拿着透明塑料袋

悄悄把鱼兜起来

江水实在清

一个初中生

走进水里膝盖深

弯腰又埋头

拿着红布兜

插进水里慢慢走

她是那样地专心

悄悄地，悄悄地

追着鱼儿的身影

布兜突然被上提

兜里清水往下流

活泼鱼儿失自由

是谁伫立江水边

身穿比基尼

端庄又俊俏

双手把胸抱

静静望着江水流

左等右等不回头

叫人很犯愁

天空蓝无边

白云好像洗过脸

清澈的江水

被云影感染

对岸俄罗斯的高楼

清晰可见

尖尖红顶似火箭

中央商业步行街

人来人往

俄罗斯女子

三个一群

两个一对

轻快的脚步

雪白的肌肤

凹凸的胸膛

太阳照得亮

遗失在漠河的古朴

北极村里

路边一堵墙

墙上开着窗

窗前藤叶披挂下

藤上挂着大葫芦

葫芦上刻着

农家饭庄

还刻着电话

葫芦已长大

时时替主人说话

天空下着雨

四野雾蒙蒙

树木在洗澡

禾苗已喝饱

雨里向日葵

低头在垂泪

边上有小草

雨中更妖娆

好像在劝告

雨过天会晴

何必坏心情

龙江第一湾

低处看，像新月

高处望，像鱼钩

忽闻小孩喊

像胖胖的6字

我一阵惊喜

在想象的天空里

孩子多神奇

黑龙江边北红村

处处绿意浓

青草丛中小木屋

屋边木栅栏

围出一方小院来

院内有草堆

鸭在上面睁眼卧

鸡在上面埋头啄

院内有竹架

青藤绿叶架上爬

爬成一个绿宝塔

院内种庄稼

高粱长得多活泼

茄子叶下藏花朵

院内院外绿相连

青藤爬上木栅栏

青苔屋顶乱泛滥

木屋很落寞

有的屋顶已破落

有的墙上泥土已脱落

这些被岁月浸润的老屋

组成它们的木头和泥土

是我们心灵多好的朋友

可惜老屋正一间间塌下

坚固的瓦房正在代替它

但愿有人早早醒

他日你到北红村

能把老屋寻

呼伦贝尔草原上的马牛羊

夏天已近尾声

天色已近傍晚

公路上一骆驼

昂首阔步慢悠悠

它从林中来

它往草地去

那边一群羊

远看像波浪

近看乖模样

一群牛儿已吃饱

纷纷歇脚卧厚草

忽见牛羊满山坡

好似花儿千万朵

坡下有马在厮磨

小马走路贴着妈

形影不离不怕骂

忽见一群牛

公路上，齐步走

不知何理由

一齐回过头

草地里几匹马

显得很潇洒

尾巴扬得像长发

夜幕渐降临

一群牛儿往回归

前后排成队

哪怕身边草再肥

决不低头去贪嘴

誓要紧跟大部队

在西安的城墙上

我从南方来

南方春雨绵绵

我到北方去

北方冷风呼呼

来到钟楼旁

天空暖阳丝丝

沿着南大街徜徉

路边蝴蝶花飘香

飘向人海茫茫

飘进我心房

南门边的春草

绿意空中绕

春树怎能不倾倒

树影紧紧抱碧草

是谁立在门洞旁

身穿黑色正装

标致善良又端庄

典型西安人模样

来到南门城墙上

俯身向下望

护城河里水荡漾

岸边有树穿红装

高高魁星楼

望着远近的高楼

劝君珍惜前路遥

路遥才有人生长

地上路很多，天上路难找

城墙开天路，路上砖交错

单车在穿梭，夕阳渐坠落

影子渐拉长，拉你回大唐

长乐门里照斜阳

门洞变金黄

有人洞里并肩行

好像在把李白寻

长乐门上请思索

生活里哪有长乐

苦乐像风帆

风越劲，帆越欢

到了安远门

忽见一位西方人

骑车多潇洒

两手都放下

脚在踩，手在舞

嘴里在赞叹

眼里露感慨

先生可惆怅

罗马历史长

可惜无此墙

红日在前头

惜别这城楼

落日像灯笼

西天被映红

前往安定门

心里起波浪

为了留下古城墙

有人忧断肠

不畏艰险保城墙

来到南门城墙下

灯火已四亮

昂首望城楼

思绪在历史长河里游

唯恐辜负长河水

愿做小舟漂悠悠

漂向天尽头

顺水逆水不停留

清晨上街头，天空蓝如海

路灯渐朦胧，钟楼灯火黄

晨月依旧亮，楼月两相望

壶口瀑布

前往瀑布的路上

侧看十里龙槽

有人坐在车里笑

黄河多狭小

远看似可跳

四野阴沉沉，秋雨淅沥沥

远处望瀑布，空中起水雾

来到瀑布边，凝望黄河水

上面宽如湖，下面窄如渠

滔滔黄河水

生于青藏高原

也曾清澈见底

也曾奔流丛林里

黄河奔腾去大海

经过了几道弯

跨过了几道坎

平坦时就稍稍舒缓

崎岖时就自我呐喊

喊声震山谷

群山跟着呼

水往东方流

黄河啊

你经历了几多曲折

在河套平原大转折

黄土高原黄土多

你的是非从此多

有人对你不屑一顾

但愿你

不被世俗的眼光吓哭

你是一位圣洁的少女

虽然穿着黄色的外衣

然而你的心地很纯朴

你应该坚信

只要多沉淀

你的清澈可照脸

奔流到壶口

你受了阻

前路如漏斗

你纵身往下跳

边跳边咆哮

声音上九霄

再麻木的灵魂

也能渗透到

瀑布下悬崖

潜入地下来

两边是石壁

石壁窄又窄

瀑布越受阻

奔腾越是急

越是有活力

奔腾不息的黄河啊

你像一个巨大的鼻孔

你的每一次呼吸

惊天动地

你像一个硕大的"几"

几时太阳驱散阴云

壶口瀑布啊

你没给我答案

唯有树枝在风中

频频摇晃

两岸青山也成双

我却是这样的孤单

伞，为我挡住了雨

风，却试图掀翻伞

伞下，我，步履蹒跚

太阳躲云堆

天空在流泪

风雨迟早过

双脚跨山河

一匹毛驴

在雨中静立

有谁知道它心中的秘密

壶口瀑布啊

我心灵的伴侣

这一别

不知何日再相见

月牙泉里影相恋

天空蔚蓝无边，白云轻舞翩翩

漫天的骄阳，照在沙丘上

沙丘起伏连绵，高高耸立在眼前

有的如面包，有的往下凹

有的尖如塔，有的横如坝

沙子很细腻，滑沙很适宜

望着舒缓的沙脊，状如牛背真想骑

来到月牙泉，疑问紧相连

沙漠蒸发强，泉水来何方

泉水不外流，怎能清悠悠

鱼儿摇头摆尾水面游

三五成群地晃悠

孩子说好长

我羡它们享清凉

又见一只鸟，侧身水面绕

鸟儿恋清泉，总想贴水面

凉风呼呼吹，水波阵阵追

泉南有芦苇，芦花正盛开

一只白蝴蝶，花边乱飞舞

蝴蝶最花心，身体苦不苦

泉边有胡杨，沙地里生长

狂风来摇晃，根边无肥壤

冬天冷又长，夏天沐热浪

依然寿命长，能说不顽强

多想夕阳下，骆驼身下跨

慢行沙丘间，晚霞红满天

暮风阵阵吹，驼铃洒心间

夜幕渐降临，星星泉底沉

圆月天上挂，自知星星大

痴望月牙泉，身影水底潜

天上隔万里，水中在一起

青海湖畔的油菜花

远山，隐隐约约

近山，起起伏伏

前方青山上，牛羊在游荡

天空，蔚蓝

湖水，碧绿

湖边，油菜花一片片

花边，蜂箱一排排

瘦牧民，戴草帽

肥牦牛，披红毯

紧紧拉着往前赶

马被拴，马被骑

可曾生过气

千秋荡，千秋晃

晃在花中央

人多绳不慌

长江波，黄河浪

随大流，去大洋

倒淌河，东向西

不孤寂，清见底

海拔高，气温低

盛夏里，穿厚衣

花儿香，不怕凉

满眼黄花赛夕阳

山水间，花胜仙

蜜蜂吻，蝴蝶抱

佳人笑，轻风摇

云影也来凑热闹

莫怕高处寒

莫嫌花开晚

你在江南的春天

早早浪漫

我在高原的夏日

慢慢灿烂

七问玉珠峰

莽莽昆仑山，绵延高原上

高高玉珠峰，耸立在天空

天空蓝又净，积雪白又纯

已然是盛夏，冰雪慢慢化

试问玉珠峰，高处可胜寒

山高也招风，寒冷我也怕

奈何向光明，奈何想远望

试问玉珠峰，白色可单调

我也爱绿草，我也爱鲜花

我也爱春柳，我也爱秋叶

谁都心有余，怎奈力不足

试问玉珠峰，日夜可寂寞

谁不爱鸟唱，谁不爱虫鸣

谁不爱掌声，谁不爱甜言

火山声音响，头顶却成空

沉默不苦闷，抬头且挺胸

试问玉珠峰，身上可有痛

我也很无奈，有人爱登攀

知君爱神秘，谢君是知己

劝君远远看，你我两相欢

试问玉珠峰，可曾遭嘲笑

乌云身边绕，边笑边狂跑

乌云头顶飞，边看边自吹

山高云为峰，玉珠白头翁

风赶乌云走，玉珠万古留

试问玉珠峰，可曾流过泪

父母是平地，叫我要争气

风吹雨打过，父母化作泥

荒野苦生长，缓慢成高地

试问玉珠峰，高处可神奇

早迎旭日来，晚送夕阳去

星月是兄弟，越远越亲密

路过青藏高原

那年的秋天，火车去拉萨

巍巍昆仑山，挺拔入霄汉

山顶的白雪，绵延一大片

回首昆仑山，行云在登攀

置身在高原，似与山比肩

可可西里望，不见人影晃

未见一棵树，未见一只鸟

但见满眼草，草地已泛黄

几只藏羚羊，安静啃着草

来去总悄悄，何须偷偷跑

说起沱沱河，就从脚下过
莫笑流得缓，莫笑流得散
高处山送别，远方海迎接

西望措那湖，湖水清又亮
对岸山有雪，山头云朵朵
湖边草地上，牦牛在远望
身边的水面，飞过几只鸟
可爱的精灵，无法去追寻
万物多安详，共度好时光

羌塘草原上，牛羊在游荡
牧草很丰盛，有的已打捆
天堂输人间，牧民已成仙
几个西方人，想做那牧民
心在草原浪，迷失在东方

市区拉萨河，哗哗地流过

河水清又清，不知有多深

未进布达拉，心里偶牵挂

再次去拉萨，时间是盛夏

前方唐古拉，身高震天下

坡度很和缓，上下均舒坦

路边铺积雪，才知与天接

伫立布达拉，放眼四周望

白云映青山，青山黑如墨

城中大昭寺，袅袅烟如丝

公园清水亮，绿树绕四方

告别日光城，车子缓缓行

路边柳依依，柳下桑烟起

天上白云低，云下山耸立

九寨沟的秋树

芦苇海，白茫茫

玉带河，从中过

河水蓝，芦苇多

无声鸟儿丛中躲

老虎海，依着山

水深蓝，水平静

树叶黄，树叶红

倒映水中成彩虹

瀑布上，浅滩里

小灌木，水中立

浪冲击，不倾倒

流水灌木早相好

黄龙的牵挂

雪山，高耸

山树，浓密

野鸡，出没

秋风，阵阵

秋雨，点点

白雾，飘飘

树叶，沙沙

流水，哗哗

彩池，数千

池坝，弯弯

池身，高低

池面，如镜

池中，树立

树姿，婀娜

树影，如墨

池边，苔藓

苔藓，碧绿

苔藓，上树

池水，清澈

池水，多色

池水，漫溢

斜坡，乳黄

斜坡，长长

堵坡，如墙

堵坡，高昂

黄龙，升天

瀑布，落地

天上，地下

你牵，我挂

小小三峡

绿水上，翠竹下

白鸭嘎嘎嘎

说些什么话

水岸边，树林下

猴子时出没

夜里无事做

溪上月儿亮

可曾捞起当饼尝

天蔚蓝，盖山巅

白云长，像扫把

灰尘躲到哪

树满坡，阳光照

叶发亮，根儿长

树身可觉暖洋洋

水清清，树微黄

山影荡，翻绿浪

怎不翻到我手上

小木船，慢悠悠

谁摇桨，向前方

可曾撒下痴心网

神女溪上歌声甜

神女溪上游，溪水绿油油

水深不见底，水下百余米

溪边山高耸，耸入云烟里

溪边岩石叠，万年不分裂

石缝树婆娑，耐得住寂寞

何处寻神女，放眼找得苦

山高从不傲，水深从不语

空中无尘埃，神女船上来

纯朴又腼腆，歌声比蜜甜

甜了小半年，来年还会甜

躲着古老的民房
主人总难见
牛羊常出现

英伦的无边野趣

我曾幻想

在某国城乡

溢满无边风光

我曾奢望

举国皆公园

人鸟共流连

我在英伦大地徜徉

仿佛跌进了梦乡

那绿油油的草地

斜斜的，柔柔的

爬向天边

那青色的天空

净净的，宽宽的

吻着草地的边

那朦胧的树

亭亭的，翩翩的

立地望天

它们从不担心天会塌

压坏这些人间的宝塔

忽然来了太阳

白云在天上奔忙

山岗上油菜花儿黄

一片厚云

慢慢贴山巅

试图去亲花的脸

树林边，草地旁

躲着古老的民房

主人总难见

牛羊常出现

有时也见白雾茫茫

那些星星点点的牛羊

成了朦朦胧胧的花样

草地里流淌着小河

日夜在奔波

青草喜欢它的歌

草间小路像情哥

缓缓爬上坡

偷偷往下滑

去会山脚的小河

草地里

偶有石头墙

偶有隔离网

只是苦了两边的牛羊

四眼常相望

心里在发痒

常常怪那墙

常常骂那网

很多大树甘做伞

牛儿趴在树下偷懒

饿了肚子也不管

风儿干净洒脱

风儿不寂寞

吹过花草树木

吹过天上的云朵

吹过风车的胳膊

吹进人心的角落

那些海边的牛

在草地里漫游

望着高高的蓝天

看着低低的碧海

脚下青草软如毯

大海和草地紧相连

马儿更悠闲

没有人来喊，没有人来骑

它们的尾巴快活得

就像风中飘扬的旗

温德米尔湖畔

温德米尔湖上

船来船往

我伫立船上

四面张望

春天已来临

一些灰色的树

杂在绿树丛中

还是那样睡意沉沉

长冬后依然未醒

漫山野树

高低错落

几处尖顶房

林间露白墙

刚才还显眼

转瞬成了点

湖边一大树

树边有船屋

湖上绿水荡小舟

小舟回屋慢悠悠

漫步温德米尔小镇上

遇到岁月洗礼的黑石墙

太阳照得亮

把我的身影和向往

在墙缝里深深藏

谁家阳台椅子上

一男半坐半躺

沐浴着暖阳

扭头望湖上

目光随着湖水漾

多想有扇窗

给我几日时光

迎着鲜红的夕阳

低头俯看春浪

伴着嫩黄的灯光

探头仰望星光

绿色坡地上

散落很多羊

只只小羊紧跟娘

为了吸乳房

跪下双膝把头昂

满树鲜花落草坡

两位女子花里坐

红颜已去无奈何

但求心里花开多

惜别这小镇

经过湖边的山林

林间小道上

有人骑着马

背影坡上爬

普罗旺斯的薰衣草

普罗旺斯的薰衣草

你为何开得那么早

我万里迢迢把你找

你说我来得很不巧

七月一十八

终是精心规划

我置身在瓦朗索勒的晴空下

天空浅蓝

白云很薄

远山静卧

满坡薰衣草

紫色哪去了

可怜绿色一行行

如演员卸了妆

如路灯没了光

游客心里很失落

薰衣草看起来也落寞

塞南克修道院边的薰衣草

范围小

紫色的花儿仍在开

只是稀稀落落

只是浅浅淡淡

只是疲惫不堪

爱花的女子真多

她们在花间穿梭

一会儿蹲

一会儿跳

一会儿叫

一会儿笑

孩子们花间跑

灰尘脚下绕

花香总也闻不到

修道院的围墙旁

立着一女郎

玉手额前挡太阳

踮起脚来朝里望

忽然钟声响

吓得一阵慌

她的笑声飘耳旁

发现一只蜜蜂

它是薰衣草的知心伴

抱着紫色的花

嗡嗡说着情话

薰衣草说

我已年老失色

怎能让你愉悦

蜜蜂说

我已把你留在心

只是不知你姓名

她是一朵花

也将凋落在天涯

谁会告诉她

思想之树可长青

灵感之花可常开

真善之果可长存

普罗旺斯的石头城

远望石头城

高低错落

阳光下静卧

绿树四边合

知了声起伏又绵长

在城乡间四处飘扬

它们在歌唱漫天的艳阳

它们在歌唱四野的绿浪

它们在轻叹消逝的花香

这里看不到潺潺的小溪

这里看不到清澈的湖水

这里望不见蔚蓝的大海

这里有如水的女郎

她们的肌肤似冰雪

她们的金发赛夕阳

她们的优雅胜诗行

广场上的小贩

游人来时他们聚

游人走时他们散

烈日当头晒

我买草帽头上盖

摊主忙取下

笑着帮我戴

稳妥又耐看

她翘起拇指来赞叹

又有一小贩

收拾东西有节奏

好似音乐会上在演奏

他的快乐流淌在街上

他的笑声飞进了小巷

谁家二楼阳台上

立着一位多情郎

白衬衫，灰西装

装模又作样

时而闻着手里白花香

时而挺胸把头昂

正是七月大晴天

女子袒胸又露肩

他的领带系胸前

疑是剧中的演员

奥朗日街边的老人

城外向日葵

朵朵往下垂

绿中点点黄

迎着太阳望

城中的小河

静静地流过

绿树两边合

古老凯旋门

历史的证人

风雨摧不倒

日月常问好

古罗马剧场

依稀老模样

兴废很寻常

人来又人往

只有那青山

日夜在守望

街边一老人

弯腰又弓背

拄着两拐杖

一步一蹒跚

低头缓缓行

落叶的表情

目光慢搜寻

背影很落寞

转入了街角

街边鲜花活泼开

街边少年潇洒行

人的脚步总会停

今日身轻如燕

年迈走路靠牵

凡事莫等明天

躺在巴黎宽容的怀抱里

在一片碧绿的草地上

他身裹绿色睡袋

头枕灰色行囊

睡得正香

草地如厚厚的绿毯

天空如圆圆的帐房

他的身体在巴黎流浪

他的思想在梦里飞扬

他睡在街边长椅上

黑色睡袋裹身上

头微微上昂

香烟夹指间

鼻孔冒白烟

他想把昨日的烦恼

从黑色睡袋里赶跑

公交站的座椅上

站着位白发老人

他把站牌擦得亮

站台成了他的房

大袋地上立一排

小袋椅上堆成山

袋子扎得那样紧

风雨难入侵

他的一日三餐谁来管

他的深夜冷暖何人知

他坐在塞纳河的围墙旁

穿着一身黑衣裳

愁眉苦脸的模样

身边黑袋十来个

袋里可有粮

街上丽人如花

谁来关心他

但愿上天别流泪

但愿河水别呜咽

戴高乐机场

候机楼的地上

躺着一个年轻人

一动不动

一声不响

救援人员围在旁

原来虚惊一场

年轻人疲惫不堪

倒在地上睡得酣

你说巴黎很时尚

我说巴黎很善良

无论你多迷茫

无论你多凄凉

它依然张开臂膀

把你紧搂在胸膛

雨中汉堡

雨中的汉堡

水汽缭绕

房屋在洗澡

端庄又俊俏

草地碧绿

似谁抹了油

草地朦胧

落花比雪重

纷飞花雨中

佳人身影太匆匆

小河不寂寞

那么多白天鹅

拨弄着清波

细雨纷纷落

小河轻声歌

商场里暖洋洋

她的眼神冷而雅

好似春雨飘落下

路边大树最开心

片片绿叶听雨声

红伞黄伞似花开

伞下人的心事谁能猜

意大利边陲小城瓦雷泽

意大利边陲小城瓦雷泽

坐落在阿尔卑斯山南侧

古朴安静像谁写的小说

街上弥漫着古罗马的辉煌

灯光里散发着文艺的光芒

蓝天里延伸着两条白烟

像谁把历史写到了今天

郊区一栋房

屋顶空荡荡

徒留四堵墙

满壁显沧桑

窗内树婆娑

一阵风吹过

老墙在唱昨日歌

苦等知音慢慢和

在少女峰上

这是秋天的季节

山下落叶似黄蝶

山顶处处是白雪

空中云似烟

阳光穿中间

雪上云影一片片

影中日光一点点

人们穿着厚厚的冬装

心里冻得慌

阵阵寒风过

有人缩手又缩脚

一个年轻人

上身一丝不挂

站在瑞士国旗下

双手把旗拉

观众笑哈哈

寒风就像刀来割

寒风就像冷水泼

他当完了旗下的主角

缩着脖子直哆嗦

冷得叫，冷得跳

只为博得佳人一声笑

有个佳人来合影

他骑虎难下

心里觉得很伟大

翘起拇指把自己夸

可怜他的胸膛不再挺

嘴唇发黑只想抿

一个中年人

脱光了上身

张开双臂，挺着胸

握紧拳头，站如松

鼓足勇气装英雄

事后冻得像逃兵

急急忙忙穿衣服

嘴里冷得直嘘嘘

雪地里的缝隙

深深浅浅

曲曲折折

有的似桥

桥洞弯弯

有的似飞鸟的脚印

脚印深深

一个老年人

赏雪入了迷

双脚一打滑

摔倒在地下

有人赶紧拉

她的发如雪

哪经得起跌

她与他素不相识

主动帮他来照相

她虔诚地跪在雪地上

用心照了一张又一张

他的心里暖洋洋

从未享受如此荣光

他该记得她模样

她是否已把他忘

在达沃斯的云上飘

经过一片宁静的湖

岸边秋树婆娑

岸边柔草满斜坡

坡上肥羊缓穿梭

湖畔立着山

近山绿树丛丛

远山雪峰高耸

站在世界经济论坛会场旁

树叶正泛黄

望着周边群山环绕

觉得自己很渺小

想想脚下海拔高

信心就在云上飘

蒙特利尔的法裔女郎

害怕你清香四溢地

走过身旁

不敢正视你溢满柔情的

优雅脸庞

偷窥你那尖尖的鼻梁

浪漫的气息

叫人心慌

不知你可回先祖的故乡

戛纳的路边

你是否缓缓徜徉

尼斯的海滩

你曼妙的身姿能否征服艳阳

卢瓦尔河里

是否流淌着你心中的希望

蒙特利尔的法裔女郎

该不会做了他人的新娘

大西洋上的世外净土

古巴的无人岛啊

你是大西洋上的一块净土

我在慢慢靠近你

海天在比蓝

白云夹中间

远远垂海面

你身着浓浓绿装

海水在你周边漾

沙滩白如雪

滩上茅棚排一列

一只黑鸟贴清波

急急忙忙地掠过

踏起水花一朵朵

水上架横梁

一排水鸟立在上

伸长脖子向天望

岛上阳光纯

蜥蜴躲树林

慢慢往前爬

抬起头来想说话

岛上棕榈粗又高

睡袋系在两树腰

佳人躺在袋里摇

岸边栈道长又长

稳稳卧在碧波上

上海姑娘笑徜徉

海水泛银波

有人水面摸

隐隐又约约

海水清，海水浅

水底白沙粒粒显

透明纯洁阳光恋

水中绿树一丛丛

少时连成线

多时连成片

树影落沙里

黑白愈清晰

古巴的无人岛啊

白天你是那样热情

晚上又是那样冷静

巴拉德罗的月亮

何时照进你梦乡

割不断的中华情

十二月十二日那天

来到马六甲

伫立三宝井边

怀念郑和下西洋

在漂洋过海的路上

他是哥伦布的榜样

街头时见醒目的汉字招牌

华人在这里一代又一代

辛勤地开创未来

他们有割不断的中华情

车子缓缓行

一位华人向我诉衷情

二〇〇八年汶川大地震

成千上万的华人小学生

将存放零钱的储蓄筒

倒得空空

华人漂泊在异邦

也曾四处流浪

中华就是亲爹娘

虽然出嫁在远方

千辛万苦地拼闯

总想衣锦地还乡

珠江水，闽江水

曾经流进先辈嘴

孔夫子，孟夫子

念念不忘记心里

凝望卡帕多西亚的石柱

来到卡帕多西亚

凝望千姿百态的石柱

思绪就像潮水般起伏

有的石柱藏着洞

洞口开着门

门前有台阶

门里有人在用餐

有的石柱像孩子的屁股

中间凹，两边鼓

引得众人爬上去

有的石柱像企鹅

挺胸抬头在静坐

肚子瘪瘪似很饿

有的石柱像蘑菇

风来摸，雨来洗

周身很细腻

有的石柱像母亲雪白的丰乳

婴孩见了会垂涎

恨不得小嘴凑上前

有的石柱下面有空洞

等着你去穿

穿着，穿着

烦恼就像袅袅的炊烟

不知不觉消失在天边

有的石柱像只鸟

伸着尖嘴似在叫

有的石柱像猎豹

趴在高处

等待时机往下跳

有的石柱像小丑

帽子歪着戴

缩着身子朝云看

有的石柱像恋人在接吻

手牵手，嘴对嘴

可惜面前有空洞

抱在一起是场梦

有的石柱像骆驼

不怕狂风磨

缺水也要过沙漠

有的石柱像李白和杜甫

并肩坐在山头望山谷

一群女学生

披着学士袍

戴着学士帽

笑容像春风

穿行石柱中

一根石柱抬头在望天

不屈地挺立在人间

是谁伫立在旁边

追问它的变迁

石柱默默地诉说

我的身上难觅金

有人很看轻

本想隐姓又埋名

哪知世界遗产委员会

出于保护我考虑

让我变得很珍贵

反而引来游人一队队

万千丽人身边过

花落谁家不羡慕

蝴蝶征服花的身

我想走进花的心

春风春雨来诱惑

寒风冷雨来鞭身

软弱部分已离分

坚硬部分在守心

我把夏雨化作泪

泪干心里变轻松

我把阳光化作被

盖在身上不觉累

过德雷克海峡

乌斯怀亚的盛夏

山头积雪未化

海鸟在低空忽上忽下

我们的游船即将出发

多少人激动又害怕

如何熬过这汹涌的海峡

我曾在太湖上戏风浪

也曾沿长江逆流而上

也曾颠簸在茫茫太平洋

没料到德雷克的凶模样

最初海峡未发怒

男人女人乐悠悠

北方壮汉心气高

笑看海峡起波涛

渐觉浪声紧，心里一阵惊

东西不听话，有的滚落下

有的闹喳喳，颇像在打架

用餐时间到，行走在过道

紧握墙扶手，双脚蹒跚走

终于到餐厅，很少有人进

一阵巨浪高，椅子到处跑

餐具叮当响，身子猛摇晃

心里想多吃，双脚无能力

壮汉也睡倒，本来没吃饱

腹中食物往外跑

唉声又叹气，骂这魔鬼地

坐立都不安，别想睡舒坦

摇左又摇右，颠上又颠下

如果是摇篮，婴儿吓破胆

多像炒板栗，炒得很用力

走也难，睡也难

最难把门关

门边就像老虎嘴

双手碰不得

恶浪经常突然袭

门不听使唤地

猛关闭

曾经有人手被压

鲜血淋漓多可怕

窗外声音不听也罢

越听越害怕

洁而白的南极洲

年年静立天尽头

尽管巨浪吼

盼你想你在路途

何不坐飞机，很快到南极

飞机费用高？飞机怕天糟

黑夜愈深沉，路灯愈显亮

夏天愈炎热，愈觉南风凉

经历风浪急，更知爱平地

在南极圈跳水的人们

除夕前一天

枕波卧浪来到南极圈

游船停在波浪间

空中云似烟

无际又无边

冰山一座座

远远水中卧

那座冰山如悬崖

这座冰山如云堆

一旁山起伏

山腰露出块块黑皮肤

白雪为何盖不住

碎冰一点点

似群星在眨眼

碎冰连成片

像羊群走进圈

浮冰爱漂流

刚刚在前头

转眼到身后

海水如泼墨

寒风不断刮

人们包着头

人们藏着手

有人冷得抖

谁敢在海水里显身手

众人在栏杆边仔细瞅

一群中国人

前赴后继跳下海

众人纷纷在呐喊

一女子举起双臂

像鸟儿张开双翼

直挺挺地跃入水里

没有犹豫一丝一毫

寒气顿时被吓逃

一女子不知何时往下跳

爬上船时张嘴叫

一脸哭相让人笑

她是那样活力无限

扑通一声

浪花跳起如火焰

她在水里东游西荡

海水只得乖乖让

她的黑发和粉脸

九分利索，一分腼腆

不知何日再重现

她的年纪还算小

纵身一跃似在跑

尝到了赞赏的味道

第二次往水里跳

畏惧让位给欢笑

她冷得直哆嗦

缩手又缩脚

刚往水里落

转身便往船上摸

后来她又下过水

没被冷水吓软腿

她下水前自信地笑

举起双手向众人摇

刚下水便往回逃

弓着背，缩着颈

鼻子嘴上写着冷

他们是父子

下水时父亲走在前

回来时父亲跟在后

他们之间有绳连

孩子还年少

父亲点点滴滴的关照

似炉火慢慢把水烧

她下水前不声不响

回来时把头高高仰

她没有赴汤蹈火

却笑对了寒冰刺骨

今天恰是情人节

她希望他的爱如雪

为博佳人一笑

他奋不顾身

直往水里跳

外国工作人员

跳水在后面

她是位西方女子

穿着红色比基尼

是那样妖娆

可惜没有画笔描

她在水中游

恐怕鱼儿也回头

她是位西方女郎

西子般模样

穿着黑色比基尼

拱腿弯腰

双手靠后脑

低头往下跳

归来的瞬间

凹陷的曲线让她成了仙

难道是那流浪的小冰人

也把她温暖的双乳恋

看客莫轻狂

旁观只是羊

下水便是狼

附　录

樟叶飘飘

今年秋天

我真幸运

我在路上走着

一片樟叶

飘进了我的手心

一不小心

我捏碎了它

它却暗香漫溢

妈妈去了另一个世界

妈妈，你离开我已有六年

不是去了另一个城市

而是去了另一个世界

再也看不到你穿着厚厚的棉袄

裹着蓝色的头巾

双臂交叉，双手插在衣袖里

在冬日的阳光下

打盹

妈妈，你不识字

也不认得你深爱的小儿的名字

但我知道

你能辨得出纸币上的数字

记得有一次，你丢了拾元钱

难过了几天，哭了几回

妈妈，父亲爱护你

很少让你下地干活

但你终日忙个不停

养鸡，喂猪，晒粮食

我的学费

来自父亲的耕作

和你日复一日累积的鸡蛋

以及用感情养大的猪

妈妈，我告别你时

你很少用双脚送别我

你总是用双目

送我一程又一程

妈妈，你走时

没留给我分文遗产

只留下纯朴和善良

在我血液里流淌

图书在版编目（CIP）数据

游走在城市的边上 / 月又白著. -- 上海：东方出
版中心，2020.6
ISBN 978-7-5473-1628-3

Ⅰ.①游… Ⅱ.①月… Ⅲ.①散文诗-诗集-中国-
当代 Ⅳ.①I227.6

中国版本图书馆CIP数据核字（2020）第061566号

游走在城市的边上

著　　者　月又白
责任编辑　陈嘉梦
封面设计　丫　头

出版发行　东方出版中心
地　　址　上海市仙霞路345号
邮政编码　200336
电　　话　021-62417400
印 刷 者　山东韵杰文化科技有限公司

开　　本　890mm×1240mm　1/32
印　　张　6.5
字　　数　94千字
版　　次　2020年6月第1版
印　　次　2020年6月第1次印刷
定　　价　49.00元

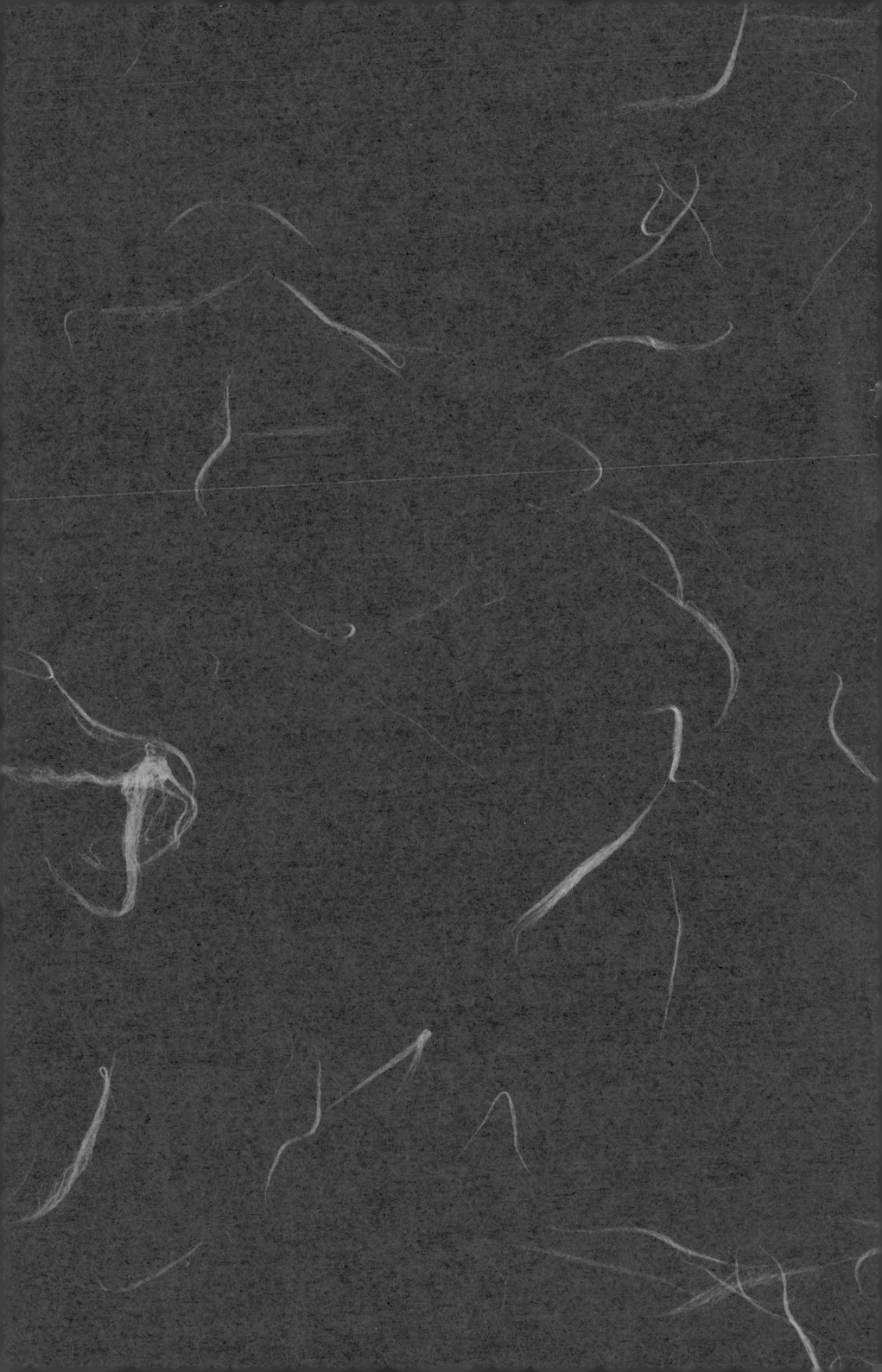